Für euch, für mich, für uns

Dieses Buch ist für alle,
die sich mit ihrem Dasein, ihren Gefühlen und Gedanken allein fühlen.
Es ist vor allem auch für die Menschen in meinem Umfeld - die mich - die schönen Seiten an mir - kennen; mein Lachen, den trockenen Humor und die bunten Klamotten.
Ich würde nicht behaupten, dass ihr nur meine Fassade und nicht das dahinter kennt, denn viel mehr, kennt ihr meine Sonnenseite. Die, die ich gern zeige. Die, für welche ich mich nicht schäme.
Doch hier in diesem Büchlein soll Platz sein für die Schatten aus meiner Vergangenheit, die Narben auf meinem Herzen und die bösen Geister aus meinen Gedanken. Habt keine Angst vor diesen dunklen Flecken und auch Keine vor euren Eigenen.

INHALT

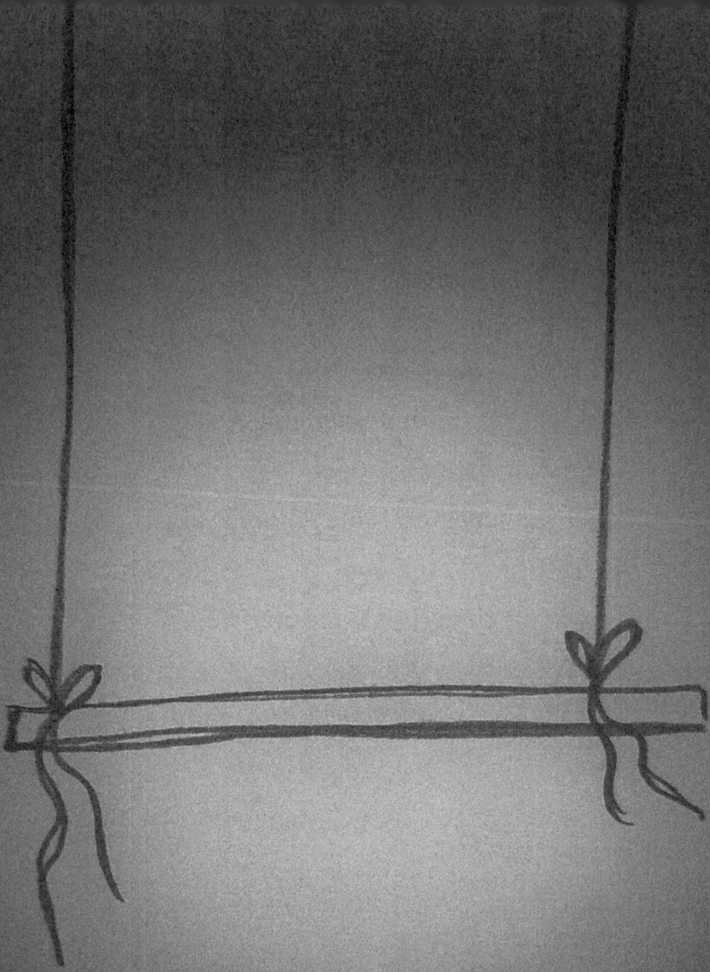

Gänseblümchen sind schön

Wie alt war ich wohl, als ich zum ersten Mal gefragt wurde, ob ich nicht vielleicht Sport machen und weniger essen wolle? Ich meine mich zu erinnern, dass ich ungefähr fünfzehn gewesen war. Ausdauerlauf war nicht mehr mein bester Freund gewesen und ich verbrachte lieber Zeit daheim mit zeichnen, lesen und Musik machen. Schon traurig wie flüchtig Hobbys sind, wenn mensch sich so unbeständig vom Wind verbiegen lässt, wie die feinen Zweige einer Trauerweide. Mir gab der Sport nicht viel, noch nie - auch wenn ich ihn ein paar Jahre mein Hobby nannte, um den Erwartungen von Rose und Vergissmeinnicht gerecht zu werden. Ich mochte nicht wie ich mich dabei fühlte - so, als müsste ich um etwas kämpfen dessen Wert ich nicht einmal kannte - und irgendwann - da war dieses Kämpfen in mir drin - und ich hörte auf mit dem Sport. Schließlich brauchte ich ihn nicht mehr für dieses Gefühl. Das Gefühl, welches mich stresste, sobald ich nur daran dachte Sport zu machen. Es erinnerte mich an - Zuhause…

So erdrückend, dass es mich auf eigenen Wunsch hin lieber zerbarsten hätte, als einen Tag länger ein Ganzes zu sein, ohne mich ganz zu fühlen.

Ich war ein Niemensch – und so sah ich auch aus. Das Gesicht so rund – wie ein Pfannkuchen, wie es eine Distel zu sagen pflegte. Der Bauch nicht flach genug – was mich eine Rose mit unliebsamen Worten tagtäglich spüren ließ. Ein Vergissmeinnicht stimmte ihr zu meinem Leidwesen immer wieder zu und bohrte in der tiefsten dieser oberflächlichen Wunden noch ein Stück nach und nannte mich „Streuselkuchen". Wer sich nun denkt „lecker", dem kann ich es nicht mal verübeln, doch in meinem Kopf schallte dieses Wort von Mal zu Mal lauter werdend umher, bis es mein kleines unbedeutendes Herz durchbohrte. Ich konnte nicht viel für mein Äußeres - von sportlichen Aktivitäten und Essgewohnheiten mal abgesehen - konnte ich nicht einfach zaubern, um ein schöneres Gesicht zu bekommen. Oder einen schöneren Hautton. „Warum bist du so rot?" hatte mich einst ein kleines Kind gefragt und ich hatte es für diese naive Ehrlichkeit gehasst, denn allzu oft stellte ich mir in Gedanken dieselbe Frage und bekam doch keine Antwort. Hass, auf ehrliche Worte anderer, aber vor allem auf mich selbst, war das Einzige, was diese Gedanken in mir auslösten.

„Du bist hässlich, ekelhaft, widerlich. Wie kannst du erwarten, dass dich noch irgendeine Person leiden kann mit diesem Gesicht – diesen Haaren – diesem Körper?! Du Abschaum! Gehe dich vergraben oder noch besser: verlasse niemals das Haus! Du hast es verdient dort mit ehrlichen Kommentaren malträtiert zu werden und glaube mir – irgendwann, wenn du es geschafft hast deine Hässlichkeit abzulegen, wirst auch du dich wieder anschauen können.

Drum faste schön. Renne weit.

Schlucke Tabletten. Bis in die Ewigkeit."

Mein erstes Blatt fiel. Doch ich trauerte ihm nicht nach. Möge es fallen, mögen sie alle fallen. Es ist egal – alles egal, denn Gänseblümchen sind schön… dünn…

Gänseblümchen sind glücklich

Die Welt ist bunt. So bunt, dass es manchmal schwer auszumachen scheint, welche Farbe die Umgebung nun wirklich hat. Wohin führt ein Weg aus kleinen Blütenblättern, wenn mensch sie im Dunkel der Nacht doch nicht einmal auszumachen vermag?

Möglich, dass der Geist eines Menschen einem selbst die komischsten Szenarien vorzugaukeln vermag und doch glaube ich fest daran, dass diese Welt eigentlich in Graustufen gemalt wurde. Der Mensch, so klein und unbedeutend in seinem Sein malt sie sich nur bunt - um sie schöner zu finden, erträglicher wirken zu lassen und möglicherweise um sich selbst mehr zu mögen. Oder zumindest nicht zu hassen. Ergibt das Sinn? Möglicherweise nicht in den Augen aller - aber meiner Meinung nach, auf jeden Fall. Denn ich mag diese bunten Farben - ich liebe sie. So sehr, dass ich selbst irgendwann begann mich hinter ihnen zu verstecken. Sie sind mein Safespace, meine Fassade, während sich dahinter die Graustufen immer dunkler färben.

„Ein Gänseblümchen am Straßenrand steht dort meist nicht aus freien Stücken heraus. Ein Mensch existiert nicht einfach um der Existenzwillen. Nein, wir alle haben einen Sinn und Menschen, die wie Gänseblümchen sind, haben nur einen einzigen Sinn des Lebens: glücklich zu sein und andere glücklich zu machen."

Das redete ich mir sehr lang ein. Solang, bis irgendwann diese Graustufen meines Lebens sich hinter einer pastellfarbenen Fassade zu verbergen versuchten. Doch die Kunst – meine geliebte Kunst – kann nicht lügen und nichts verstecken. Jeder einzelne Pinselstrich auf einer Leinwand ist ehrlich und wahrhaftig. Jede einzelne Farbe und Komposition so unwiderruflich emotional belastet – das selbst aus dem fröhlichsten Gelb ein trübsinniges Grau wird, wenn mensch es nicht zu verhindern weiß. Der Künstler in mir mochte diese Fähigkeit - gerade weil sie einem Menschen die Möglichkeit gab, ohne Blatt vor dem Mund zu sprechen ohne eine einzige Silbe über die Lippen bringen zu müssen. Doch nicht alle schätzen die Wahrheit...

Rose und Vergissmeinnicht mochten diese Seite an mir beispielsweise nicht. Sie ignorierten sie oder machten sich über die Abbilder meines Inneren lustig. Darum vermied ich es irgendwann daheim zu zeichnen – verbannte Bleistifte, Aquarellfarben und Acryl aus meinem Alltag und legte den Schleier des Schweigens über den Künstler meiner Seele. Schließlich war ich glücklich.

Ich war der Laternenpfahl, der stets zuverlässig leuchtete. Ich durfte nicht nachlassen. Nicht versagen. Nicht mein Inneres nach außen sprechen lassen. Denn ich war ein Gänseblümchen und dies war meine einzige Aufgabe.

Das zweite Blütenblatt verließ mich nahezu unbemerkt. Es verlor an Farbe, wurde immer durchsichtiger, bis es wie ein Teil, welcher nicht länger zu mir gehörte, das Weite suchte. Ich weinte ihm keine Träne nach… schließlich war ich glücklich.

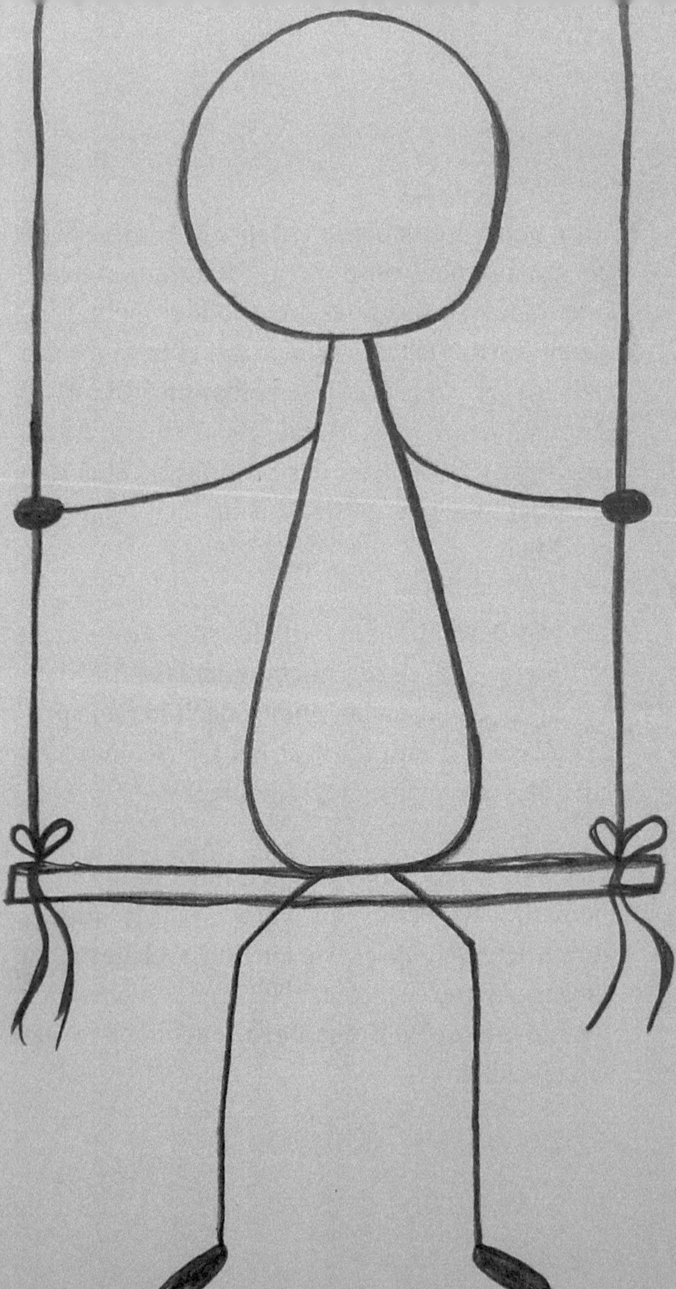

Gänseblümchen sind gewöhnlich

Die Welt um einen Menschen herum erscheint manchmal so groß und der Mensch selbst so klein, dass es doch nur allzu schnell passiert, dass mensch sich überflüssig fühlt. Doch jede Person hat ihre Stärken mit denen er/ sie/ dey glänzen kann. Möglich, dass einige mehr Stärken haben als andere und diese Anderen, sind vielleicht wie ich.

Ich hatte Stärken, doch im Laufe der Jahre habe ich sie verloren.

Lieder schreiben, singen, Gitarre und Klavier spielen – nahezu alles, was mit Musik zu tun hatte, hatte ich als meine Stärke betrachtet. Ich meinte, ich wäre gut. Möglicherweise nicht gut genug für riesige Arenen oder Bühnen mit tausenden Personen im Publikum, doch ich meinte gut genug zu sein, um gern vor Anderen singen zu können. Und ich konnte es. Solang, bis eine Person die Worte aussprach, die ich als „Nichts Besonderes“ am meisten fürchtete:

„Du bist nicht gut. Deine Lieder sind schlecht und du scheinst dir trotz dessen etwas darauf einzubilden." Amüsanter Weise hätte ich das alles kommen sehen müssen, doch meine Hoffnung, ich könne tatsächlich mal genug sein - könne doch ausreichend Talent haben, hatte mich davon abgehalten realistisch zu denken.

Fall, falle, falle ganz tief – tiefer noch als der
tiefste Graben.

Fall, falle, falle, noch tiefer – so tief, dass ihre
Worte keine Bedeutung mehr für dich haben.

Doch auch nach ewig langer Zeit im freien Fall fühlte ich diese Worte noch wie einen Dolch in meinem Herzen. Mein Kopf trug das Übrige dazu bei: „Du hast dich wichtig gemacht, obwohl du doch so unwichtig bist. Du solltest schweigen. Für immer schweigen und nie wieder vor anderen Musik machen. Schäme dich – schäme dich für deine Erbärmlichkeit und Unfähigkeit etwas zustande zu bringen.

Schäme dich für deine Naivität und deine Träumereien, du könntest mit deinem Sein doch tatsächlich etwas erreichen. Lass sie nie wieder diesen wahnwitzigen überdrüssigen Teil von dir sehen. Nie wieder sehen, was du für Wünsche in deinem Herzen trägst, obwohl du doch weißt, dass du nicht das Zeug hast sie zu erreichen – das wird für alle das Beste sein."

Es war bis dato mein größter Fall, der dritte Verlust eines Blütenblattes... Und ihr wisst ja was mensch sagt: je weniger Blätter ein Gänseblümchen hat, desto höher ist die Chance, dass eine Person einen nicht liebt - das mensch selbst sich nicht mehr liebt.

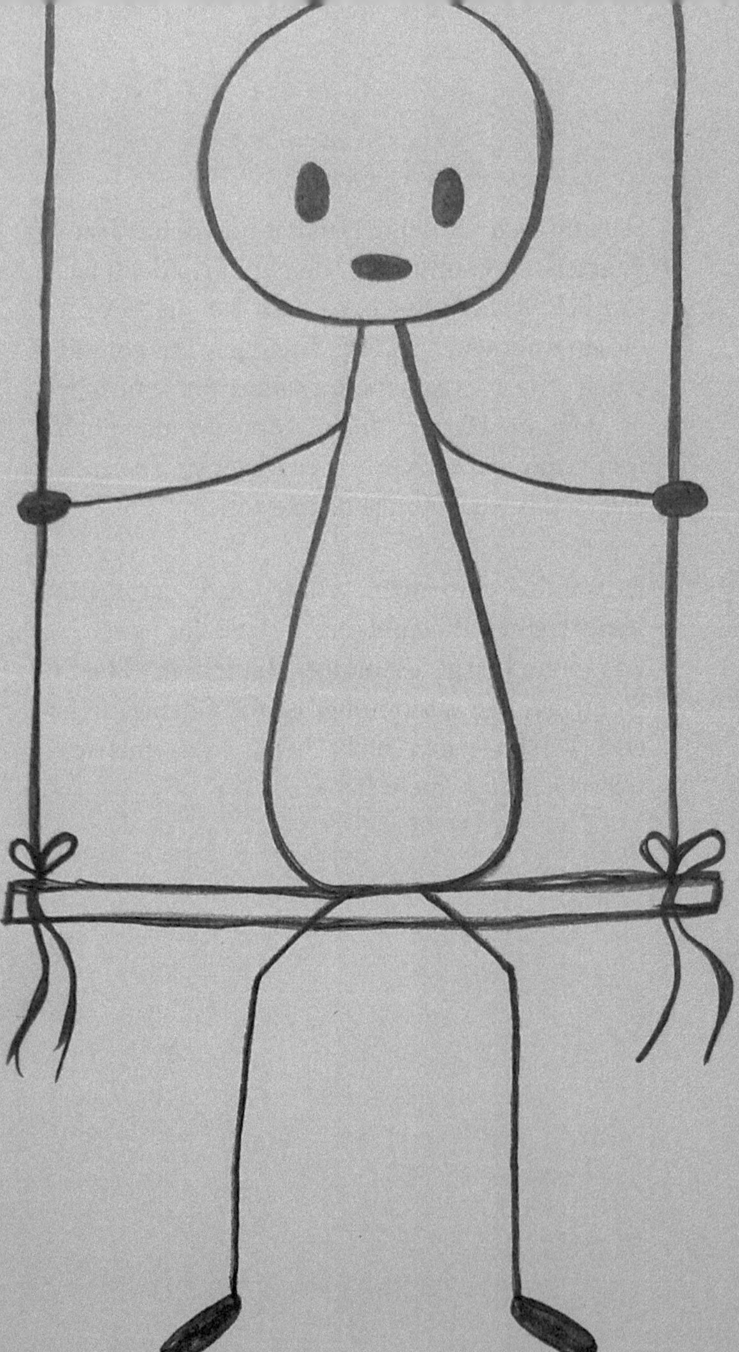

Gänseblümchen schweigen

Ein Mensch erträgt viel, wenn er/ sie/ dey muss. Auf der gesamten Welt gibt es so viel Ungerechtigkeit, Diskriminierung, Rassismus, Feindseligkeit, Gewalt, Kriege – so vieles, was so viele betrifft und doch ist bei manchen von uns der Krieg – der große Kampf, die Gefahr, das Chaos – in uns selbst. In unseren Köpfen, unseren Knochen, unseren Herzen. Kennst du das? - du fühlst dich emotional wie erschlagen, komplett am Boden und das überträgt sich auf deine physische Kraft, sodass Heben, Tragen, ja sogar Gehen unglaublich schwer wird. Das passiert mir oft an schlechten Tagen und manchmal auch an Guten – schnell wird ein Guter zu einem Schlechten, ohne dass viel passiert.

Während meiner Schulzeit war ich depressiv. Die Dunkelheit hatte mich von innen heraus aufgefressen – raubte mir den Schlaf in der Nacht und die Energie am Tag. Angst vor allem und Überforderung bei jeder noch so kleinen Unannehmlichkeit taten ihr übriges und irgendwann…

irgendwann wurden so ganz dunkle Gedanken laut. Diese Fragen nach „dem Sinn des Lebens“ und „dem Wert meines Lebens“. Ironischerweise habe ich nie eine gute Erklärung für mein Dasein gefunden. Ich hatte nur einen guten Grund nicht zu sterben: Rose und Vergissmeinnicht wären enttäuscht.

Das waren sie sowieso schon, schließlich war ich die personifizierte Form der Enttäuschung – nichts anderes konnte ich so gut wie zu versagen. Doch jeder einzelne Tag, an dem ich lebte, war ein Tag, an dem sich etwas ändern konnte. An dem ich etwas bewegen hätte können. Aufgeben – das war nichts, was ich mir selbst gönnte. Ich hatte es nicht verdient zu sterben, solang ich nichts geleistet hatte auf das nicht wenigstens ich selbst stolz sein konnte.

Darum schwieg ich… so lang, bis sich meine ungesagten Worte in Striemen auf meinem Körper zeigten. Es war eine andere Art der Kunst… eine grausame Form der Kunst und doch gab sie mir eine gewisse Stärke zurück. Denn wenn meine Gedanken, die laut schreienden Stimmen in meinem Kopf, alles zu übertönen schienen, konnte ich sie so zum Schweigen bringen. Ich hatte Kontrolle – sobald der Schmerz alles andere betäubte. Und so überlebte ich weiter… Tag für Tag, Riss für Riss - bis sie es sahen. Ich werde die Enttäuschung in ihren Blicken niemals vergessen, denn was hatte ich schon für eine Begründung. Ja, warum hatte ich das getan? Wieso fühlte ich mich so? Wie fühlte ich mich überhaupt?

Unwissend wie ich all die aufkommenden Fragen hätte beantworten sollen, schwieg ich weiter.

Minuten, Stunden, Tage, Monate vergingen und ich sah zu, wie mich ein weiteres Blütenblatt verließ. Ob ich es in meinem Wahn wohl selbst abgeschnitten hatte? Oder war es doch die Therapeutin gewesen?

Die, die all diesen bösen Gedanken in meinem Kopf ein Gesicht gab. Sie hatten recht. Sie hatten alle recht – ich war ein Versager, eine Enttäuschung, bedeutungslos aber klug, klug genug um zu schweigen.

Gänseblümchen und rote Fingerhüte

Wohin gehen Menschen, wenn sie sich allein fühlen? Manche möglicherweise auf Partys oder in Clubs. Andere suchen sich Hobbys und treten Vereinen bei. Doch nicht ich. Hobbys hatte ich genug – und gleichzeitig gar keine – und das Leben mit Alkohol und lauter Musik feiern, war das Letzte, was ich wollte. Darum schlich sich das kleine Gänseblümchen in die große Welt des Internets. Dort waren viele wundervolle Menschen – viele, denen es ähnlich ging und auch manche, mit denen mensch sich wirklich gut verstand.

Jedoch gibt das Internet einer Person auch die Möglichkeit anders zu sein, als mensch eigentlich ist. Plötzlich ist mensch beliebt in der Schule, unternimmt regelmäßig etwas mit Freund*innen und versteht sich gut mit der eigenen Familie. Und andere… die sind plötzlich wie deine engsten Vertrauten. Was soll auch schon groß passieren – bloß weil mensch die Person noch nie live gesehen hat, das eine „live"-Video komisch abgehackt geschickt wurde und der Ton zeitversetzt war. Erzählungen von irgendeiner gruseligen Person, die dieser Person nah stünde und sie deswegen immer mal ein paar Tage weg sein würde und Freunde, die dann plötzlich ihr Handy hatten und all unsere Nachrichten lesen konnten…

Ich mochte das Internet wirklich sehr, ja. Es hat mich weniger allein fühlen lassen und irgendwann, da vermochte es sogar die bösen Stimmen in meinem Kopf leiser zu drehen. Stattdessen fielen Albträume im Schlaf über mich her, entrissen mir weitere Blütenblätter, ohne dass ich sie hätte aufhalten können und ließen mich mit Angst vor der Dunkelheit, Angst allein vor die Tür zu gehen, Angst von mir unbekannten Gesichtern mit Namen angesprochen und festgehalten zu werden zurück. Vielleicht sollten Gänseblümchen Fingerhüten nicht zu nahe kommen, auch wenn sie doch so beneidenswert rot und wunderschön aussehen. Auch wenn sie ebenfalls Blumen sind, so sind sie dennoch nicht gleich. Sie werden gesehen und wertgeschätzt und wenn nicht, wissen sie, wie sie auf sich aufmerksam machen können.

Gänseblümchen hingegen bleiben klein und unbedeutend - egal was sie versuchen.

Möglich, dass ich das Internet niemals meine*n Freund*in hätte nennen sollen. Doch was macht mensch nicht alles halb blind im Nebel der Einsamkeit. Wer würde nicht nach dem einen kleinen Lichtstrahl greifen, wenn sonst nur Dunkelheit die Welt umgibt? Wer wäre klüger gewesen? Vorsichtiger gewesen? Erwachsener gewesen? Rationaler gewesen? – wenn doch mein einziges Ziel war nicht erwachsen und vorsichtig und klug und rational sein zu müssen.

Ich war so müde. Vom Leben, meinem Sein und den Erwartungen, die ich tagtäglich zu erfüllen versuchte.

Schlafen – ich wollte einfach schlafen. Und würde es mich noch so viel kosten: ich würde jede Angst, jeden Hass, jede Beleidigung und jede Tat ertragen, bloß um zu schlafen. Und nie wieder aufwachen zu müssen.

An Rose und Vergissmeinnicht

Ich kann mich nicht an vieles erinnern - und
doch weiß ich, ihr wart immer da,

an guten und an schlechten Tagen – gewiss
standen wir uns nah.

Ich kann mich nur an Bilder erinnern, von mir
als kleines lachendes Kind,

glücklich - wie es scheinbar fast alle Kinder
sind.

Ich bin mir sicher - als ich weinte, habt ihr mich
in den Arm genommen,

ich bin mir sicher, als ich klein war, habe ich
ganz viel Liebe von euch bekommen.

Ich bin mir sicher, wir haben uns nur irgend-
wann verrannt,

auf dem Weg zum Erwachsenwerden - nun bin
ich euch fast unbekannt.

Ich weiß nicht, wann war der Übergang von tröstenden Worten zu erniedrigenden Phrasen,

wann der Übergang von Dankbarsein für jede Kuscheleinheit zu Angst vorm Anfassen?

Angst vorm Küche betreten, Angst vorm mit dem Rücken zu euch stehen,

Angst vor euren Gedanken, ohne zu wissen, wie weit sie wirklich gehen!

Seit wann seid ihr Opfer und ich Täter? Seit wann vertröste ich mein inneres Kind auf "später"?

Später darfst du weinen und zusammenbrechen, später darfst du dich über Geschehenes aufregen, ohne dich zu rächen.

Später darfst du spüren und Gefühle zulassen, später... später... später... jetzt dürfen wir nichts verpassen.

Dürfen nicht unachtsam sein, immer 100 Prozent geben, dürfen uns nicht ausruhen, nicht erwarten, dass sie irgendwann Ruhe geben.

Aber später - da können wir verzweifeln und weinen, die beiden Teile des Herzens wieder vereinen.

Dann können wir wieder singen, zeichnen, schreiben, können auch mal einen Tag zu viel oder zu wenig essen - einen Tag im Bett bleiben.

Wir können einen Tag einfach spontan die Wohnung verlassen, spontan das Handy stumm schalten, ohne was zu verpassen.

Wir können atmen, wir können leben, wir können uns für Probleme alle Zeit der Welt geben.

Wir können laut sein - können lachen, können stumm schweigen und Blödsinn machen.

Können Chancen verspielen, Möglichkeiten ignorieren, können uns selbst gewinnen, dabei nur andere verlieren.

Gänseblümchen sind keine Sterne

Ein Mensch kann vieles sein. Die berufliche Laufbahn ist zur Geburt ein weißes Blatt, auch alle Interessen und potenziell mit ihnen einhergehende Erfolge stehen noch nicht fest. Der Kleidungsstil wird später erst gesucht und die Sprache… es gibt so viele Möglichkeiten seinen Wissensstand dahingehend zu erweitern. Was ist uns Menschen also von Geburt an gegeben? – was steht fest? – was ist gesetzt? – das biologische Geschlecht. Alle Menschen, die sich bislang nicht an meiner Erzähl- und Schreibweise gestört haben, dürften mit diesem Thema okay sein und alle anderen habe ich sowieso bereits verloren. Aber das ist okay, denn es zeigt nur wieder, wie viel Mut es braucht, zu sich selbst zu stehen. Ich beneide all die wundervollen Menschen um mich herum, die offen mit ihrer Sexualität umgehen – auch wenn das nichts mit dem Geschlecht zu tun hat. Dennoch haben sie es geschafft, den Teil von sich zu lieben, der nur allzu oft auf Ablehnung in der Gesellschaft stößt oder zumindest stoßen kann, wenn mensch sich im falschen Umfeld bewegt. Ich arbeite noch daran überhaupt irgendwas an mir zu lieben. Doch wer wäre ich, wenn ich nicht meine eigenen Emotionen gegenüber meiner Genderidentität und Sexualität von den Reaktionen anderer abhängig machen würde? Alles, aber kein Gänseblümchen.

Freund*innen habe ich verloren und gewonnen, Kolleg*innen habe ich behalten und später dann Neue bekommen – doch auch bei ihnen Akzeptanz in Worten und Taten, wenn mensch Unwissenheit nicht als Ablehnung, sondern Nichtwissen versteht und damit besser umgeht als ich es bislang tue. Und Familie…

Ich habe die Distel erst verloren, dann ist sie wiedergekommen.

Irgendwie hat sie mich mittlerweile akzeptiert, aber gleichzeitig habe ich für einige Taten und Ansichten Ablehnung bekommen.

Das Schleierkraut, welches ich sowieso nur selten sehe,

meinte „ja, ich verstehe“ und doch…

Taten sagen mehr als jedes Wort,

darum bin ich fort.

Und Rose und Vergissmeinnicht,

die verstehe ich nicht.

Meinen sie lieben mich wie ich bin und dass sie
es akzeptieren,

und scheinen doch das mit Namen, Pronomen
und Anrede nicht zu kapieren.

Aber korrigieren darf ich auch nicht - „ich
wüsste doch was sie meinen",

weiß ich ja – aber es tut weh, zu merken, dass
sie es nicht richtig machen zu wollen scheinen.

Doch wir schweigen – sind der Mensch, der auf
die Zeit baut,

nach all der Zeit wird es nur zu einem weiteren
fehlenden Blatt – dieses Coming-out.

Gänseblümchen sind makellos

Der 09.02.2020… ein Monat nach meinem 18. Geburtstag. Ich weiß nicht so recht, wie ich diesen Tag umschreiben soll. Er war recht gewöhnlich und doch ist es einer dieser Tage, bei dessen Erinnerung sich alles in mir zusammenzieht. Wer von euch hat noch Angst vor Wasser?... freut mich, ich auch nicht. Hast du Angst vorm Schwimmen? – ich auch nicht. Du hast auch keine Angst vor den Gedanken Anderer, wenn sie dich in Badesachen sehen, stimmt's? – ich schon. Denn ich habe immer noch keine Antwort auf die gesamte Fragenspirale von diesem Tag. „Warum ich? Warum gerade jetzt? Warum dort? Warum du?! Warum wir?! Warum… stumm.

Schönes Kind, liebes Kind - du wirst es überstehen,

lass sie stets dein Lächeln und nie deine Tränen sehen.

Gutes Kind, braves Kind - halte es stumm aus,

denn wenn du etwas sagst, löschen sie dich vielleicht aus.

Was die wenigsten wissen: seit ich mich erinnern kann – was viele Jahre meiner Kindheit ausschließt - habe ich Angst vor männlich gelesenen Personen. „So ein Klischee“ könnten viele jetzt denken und ja, möglicherweise bin ich dahingehend wie ein Klischee. Ich habe Angst, wenn sie mich anschauen, mir zu nahekommen, zusammen allein in einem Raum mit ihnen zu sein ist die Hölle. Das Schöne bis dato war: ich hatte nur Angst vor männlich gelesenen Personen. Doch an diesem Tag – das war eine andere Hand. Eine mir bekannte Hand. Eine Hand, bei der ich bis dahin maximal Angst hatte, dass die Nägel mich kratzen könnten. So lächerlich dieser Gedanke, so unwichtig und kleinlich… die Gedanken eines Träumenden. Seit diesem Tag habe ich Angst vor jeder Hand – egal ob bekannt oder unbekannt. Ich habe Angst davor an Orte mit Menschen zu gehen, zu nah bei ihnen zu stehen.

Habe Angst, sie könnten mich streifen oder gar angreifen. Ich habe so große Angst vor ihren Gedanken, dass mir ihre Blicke noch mehr Angst machen – denn Augen lügen nicht, egal was der Mund für Lieblichkeiten spricht. Ich habe Angst draußen, habe Angst daheim. Habe Angst in Gesellschaft, selbst Angst allein. Denn auch in meinem Zimmer kann es passieren und dann würde nicht mal jemensch hören, würde ich es doch tatsächlich wagen was zu sagen.

Hände, mir doch so bekannt, nahmen einst meine kleine Hand. Hände, mir doch so bekannt, haben mir den eigenen Willen aberkannt. Denn die Hände, ihnen war wohlbekannt – sie hatten mich in der Hand. Ich würde schweigen, ich würde nicht schreien, ich würde ihnen vergeben, doch mir selbst niemals verzeihen. Schließlich musste ich irgendwas verbrochen haben – wieso müsste ich sonst diese Tat ertragen. Diese Hände, sie berührten mich nur ein paar Sekunden – doch die Seele blieb auf ewig geschunden.

Gänseblümchen sind weiß, nicht bunt

Ich mag Rosen - sie sind wunderschön und so stark. Sie wissen, was sie wollen und was sie können und wenn sie jemensch klein machen möchte, machen sie diese Person klein.

Ich beneidete die Rose um ihre Stärke, solang - bis ich merkte, dass diese sogenannte Stärke eigentlich nur verborgene Schwäche war. Fehler wurden totgeschwiegen, andere Meinungen nieder geredet, anderes Denken im Keim erstickt und Anderssein...

Was ist ein perfekter Mensch? Ich würde behaupten, einen perfekten Menschen kann es gar nicht geben, da ein Mensch einzig und allein eine Anhäufung an Einzigartigkeiten und menschlichen Fehltritten bedeutet. Doch in den Augen der Rose gab es einen perfekten Menschen. Dieses Optimum sah vor, dass mensch gut in der Schule ist und stets zu den Besten gehört, beliebt ist, Sport macht, sich korrekt ausdrücken kann und zumindest der einfachen

Mathematik mächtig ist. Ein perfekter Mensch trägt kein Pastell, aber auch nicht ausschließlich Schwarz. Ein perfekter Mensch steht früh auf, bleibt lang genug wach und überlebt mit sechs Stunden Schlaf pro Tag problemlos. Ein perfekter Mensch kennt seine Werte und seine Ziele und arbeitet hart, um seine Träume zu erreichen. Doch die wichtigsten Punkte: der perfekte Mensch hat eine zufriedene Familie, ist stets für die Eltern da, seinem Partner treu und seinen Kindern stets eine helfende Hand. Der perfekte Mensch ist gut erzogen und erzieht auch seine Kinder gut. So gut, dass diese Kinder selbstverständlich cis und hetero werden, um den optimalen Familientraum aufrechterhalten zu können.

Die Rose war so ein perfekter Mensch und sie hatte es geschafft mir eben dieses Menschenbild einzupflanzen. Leider war ich jedoch kein personifizierter Perfektionismus - nicht gut genug in der Schule, nicht sportlich aktiv, nicht pastell-verachtend und langweilige Farbkombinationen-liebend. Ich stand zwangsläufig früh auf, doch ging noch später als gewünscht ins Bett. Ich kannte meine Werte, doch diese harmonierten nicht mit denen der Rose - nicht mit dem „Idealbild". Mein Traum war:

glücklich zu werden und die Rose stolz zu machen und doch waren meine Werte: Ehrlichkeit, Authentizität und vor allem Empathie und Nächstenliebe.

Ich verstand nicht wie mensch andere Menschen aufgrund von Äußerlichkeiten, Identität und Sexualität verurteilen konnte und doch war die Erziehung so tief in mir, dass ich es bei einer Person in meinem Leben letztendlich doch schaffte: bei mir selbst. Ich verabscheute meinen Körper und mein Sein, wünschte mir die "Heilung" vom "Nicht-Heterosexuell-Sein" wäre doch möglich und meine Genderidentität nur eine Einbildung oder Phase. Ich wollte alles sein - schön, eine Frau, einen Mann liebend, Kinder gebärend - nur damit die Rose ihren Traum einer perfekten Familie erfüllt bekommen konnte.

Möglicherweise hat mich diese Erziehung zu einem besseren Menschen gegenüber anderen gemacht. Ich glaube, so wurde ich aufmerksamer in Bezug auf Gleichbehandlung, Empathie und Toleranz. Doch zu welchem Preis... denn Gänseblümchen verabscheuen sich selbst.

Gänseblümchen sind nichts wert

Seit ich denken kann gab mir meine Familie das Gefühl weniger wert zu sein. Doch sie stellten es geschickt an... Was kommt dabei heraus, wenn mensch einer Person immer wieder Fehler im eigenen Sein aufzeigt, für die es keine brauchbaren Alternativen gibt? Ein Beispiel: die Rose sagte mir einst, dass es komisch klingt, wenn ich trinke. Die These in meinem Kopf war klar: „anders trinken oder gar nicht mehr trinken". Wie trinkt mensch anders, wenn mensch schlucken muss, um etwas zu trinken und das Schlucken offensichtlich die komischen Geräusche machte? Faktisch haben wir einen Fehler im Sein, welchen wir immer wieder wiederholen müssen, ohne ihn korrigieren zu können. Ein anderes Beispiel: "Warum atmest du so laut?" Diese Frage wurde mir sehr oft gestellt. Mein Kopf speicherte somit ab: leiser atmen, weniger atmen, gar nicht atmen. Auch etwas, was ich bis heute nicht korrigieren konnte - da ich sonst vermutlich nicht mehr dieses Buch schreiben würde.

Weitere Makel an mir, die ich im Laufe meines Lebens im gedanklichen Speicher der Macken und totgeschwiegenen Befindlichkeiten gespeichert habe: deine Stimme klingt beim Singen zu traurig, du läufst wie ein Trampel, deine Angstreaktionen sind zu extrem, iss ordentlich, sprich ordentlich, schreibe korrekt... ein Glück, dass ich die letzten zwei nach einer Weile doch noch von meiner Liste streichen konnte. Schließlich muss ein Mensch nicht sprechen, um zu überleben und schreiben... das konnte ich auf ein Minimum reduzieren.

Ich lernte mich zu verbiegen bis ich mich selbst nicht mehr erkannte und flüchtete mich in Extreme, um mich irgendwie ein Stück weit wieder zu finden. Doch ich fand mich nicht wieder - so lang nicht, bis ich mir die Frage stellte: wer wärst du, wenn dir keine*r zusehen würde?

Ich würde gern genug trinken, um gesund zu leben, möchte essen, worauf ich Appetit habe ohne mich zu schämen. Ich möchte Klamotten tragen, die mich glücklich machen und meine Hobbys zu meinem Beruf machen. Ich möchte diese „hässlichen“ Zeichnungen täglich kreieren und verkaufen, ich möchte diese abscheulichen

Geschichten, die ich schreibe, drucken lassen und verkaufen. Ich möchte mit dieser traurigen Stimme, die Lieder singen, die aussprechen, was ich sonst nicht zu sagen wage. Und ich möchte Menschen das Gefühl geben, so wie sie sind, mehr als genug zu sein. Perfektion ist etwas für Roboter - einzigartig sein, das können nur Menschen.

Aber natürlich blieben diese Wünsche nur Träume... doch jeder Tag gibt einem Menschen die Chance ein Stück mehr die Person zu werden, die mensch sein möchte... und daran arbeite ich. Entgegen den Aussagen der Rose. Entgegen den Blicken und Taten des Vergissmeinnichts. Entgegen den Geistern in meinem Kopf. Ich kann das. Ich werde es können. Für mich, für die Menschen, denen ich wichtig bin, für die Menschen, die so sind wie ich... für all die wertlos erscheinenden Gänseblümchen.

Gänseblümchen - die geborenen People Pleaser

„Mir geht es gut“ – ihr glaubt gar nicht, wie oft ich mir das selbst gesagt habe, damit die Tränen endlich aufhören zu fließen. Andere müssen Krieg und Gewalt ertragen, andere müssen hungern, andere sind schwer krank. Mir geht es so verdammt gut und doch fühlt es sich nicht so an. Ich kann diese graue Wolke über meinem Kopf und dieses Gefühl von einem „Nichts“ in mir nicht ignorieren. Die Einsamkeit scheint mich in die Knie zwingen zu wollen und sie ist so oft so kurz davor zu gewinnen.

Es ist okay zu weinen, okay traurig zu sein, okay Angst zu haben – vor der Vergangenheit, der Gegenwart, ja selbst vor der Zukunft, doch sich mit all dem allein gelassen zu fühlen ist zermürbend. Mensch nimmt sich selbst in den Arm und redet sich gut zu, schreibt Lügen auf Blätter an der Wand, nur um sich nach dem Aufwachen dieselben Lügen weiterhin perfekt erzählen zu können. Ich liege oft auf dem Zimmerboden.

Es mag komisch klingen, doch so kann ich nicht so tief fallen. Ruhig atmen und sagen, dass es irgendwann besser wird, hilft… manchmal. Manchmal macht es aber auch alles nur noch schlimmer. Mensch wünscht sich zu Freund*innen, wünscht sich Freund*innen – in Präsens, am Telefon oder einfach in Gedanken verbunden, doch in den dunkelsten Momenten ist da keine Person.

Gänseblümchen möchten niemensch belasten, möchten keine Person nerven und sich erst recht nicht wichtigmachen. Sie weinen allein, lachen allein, schreien – falls sie es nicht verlernt haben - und sind mit diesen Monstern in ihrem Kopf allein. Der persönliche beste Freund, der immer da ist, ist die Person in ihrem Kopf, die ihnen sagt: „du bist nicht gut genug", „geh doch sterben, wenn alles so unerträglich ist" oder „heule hier nicht rum".

Ich hasse mich in den Momenten nur umso mehr, weil ich dieser Stimme nichts entgegenbringen kann, weil mir in diesen Momenten selbst der Glaube an mich fehlt. Doch wir schweigen… denn wir werden uns nicht wichtigmachen.

Das Schöne ist, dass Gänseblümchen diese Art im umgekehrten Sinne zurückgeben. Sie sind die ersten, die dich fragen, wie es dir geht und sehen in deinen Augen, wenn eben nicht „alles gut“ ist. Gänseblümchen sind die perfekte Schulter zum Anlehnen und haben immer ein Taschentuch mit, weil sie selbst so oft eins suchen und mit glasigen Augen danach tasten müssen, weil ihnen keiner eins reicht. Sie sind die besten Zuhörer*innen und die heilsamsten Umarmer*innen, weil sie hoffen, dich so ein bisschen reparieren zu können und sich selbst reparieren zu können, wenn sie dich reparieren konnten.

Gänseblümchen kennen die Einsamkeit nur zu gut, als dass sie sie irgendeiner anderen Person wünschen würden, darum sind sie so…

Sie versuchen die Person für andere zu sein, die sie sich selbst stets gewünscht hätten.

Wenn Rosen reden, nicken die Gänseblümchen

Sie haben mir den Mund verboten, weil ich kleiner, dümmer, jünger war.

Ich habe mir das Urteilen verboten, weil mir gezeigt wurde, was dümmer war.

So hart es klingen mag, so ehrlich ist es auch gemeint. Bereits als Teenager verstand ich, was eine kaputte Psyche bewirken kann - auch wenn ich da noch lange nicht verstand, was genau meine denn so kaputt gemacht hatte. Ich bekam manchmal keinen Ton vor anderen raus und wenn ich etwas sagte, dann nur ganz leise - kaum hörbar. Heute weiß ich "so hast du nicht mit uns zu reden" und "achte auf deinen Tonfall" waren simple Aussagen mit Langzeitwirkung.

Ich wurde mit Blicken getadelt, wenn ich etwas "Falsches" sagte oder etwas "falsch" sagte - zu laut, zu harsch, zu emotionsgeladen und bekam verbale Rüffel, wenn ich versuchte Fehlinformationen zu korrigieren. Doch ich war jünger, also konnte ich nicht mehr wissen und ich war "unterlegen", also durfte ich keine andere Meinung haben und wenn doch, hatte ich diese für mich zu behalten. Seit ich denken kann gibt es daher zwei Seiten meiner Kommunikation. Die vorsichtige Variante - schweigsam, leise sprechend und alle Aussagen so vage haltend, dass mensch nicht an irgendwelchen festgefahrenen Gedankenkonstrukten anecken kann. Erstmal den Gegenüber sagen lassen, was die Person denkt und sehen, ob die Person mit Meinungsvielfalt okay ist oder nicht. Und die zweite Variante - sehr sehr selten - kommt erst zum Vorschein, wenn ich mir sicher bin, dass es okay für meinen Gegenüber ist, dass ich eine eigene Meinung habe und diese offen kommuniziere. Ich weiß, es heißt, wer schweigt - stimmt zu, aber was würdet ihr machen, wenn ihr einen verbalen Hieb auf den Hinterkopf bekommt, immer wenn ihr diskriminierenden Worten und beleidigenden Aussagen etwas entgegenbringen oder bei Verbreitung von Fehlinformationen beispielsweise in Bezug auf Politik oder auch mentale Gesundheit einschreiten und geraderücken wollt? Ihr würdet es lassen oder immer und immer wieder einstecken, bis es euch die Kräfte raubt.

Aber da dies hier mein Buch ist und Rosen und Vergissmeinnichts hier nicht mehr mitspielen als Nebencharakteren ein Gesicht zu geben und im Gefängnis von Buchstaben festzuhängen, kann ich meine Meinung hier klar formulieren:

Alle Menschen, die den Mut haben sie selbst zu sein, sind so unglaublich wundervoll. Alle sogenannten Makel machen einen Menschen einzigartig und sind es wert geliebt zu werden. Lasst euch da niemals etwas anderes sagen. Jede Stimme ist wichtig, so leise und unbedeutend sie auch wirken mag, darum: nutzt sie - nicht um andere zu verletzen - sondern um auch denen eine Stimme zu geben, die keine haben. Seid ehrlich mit euch selbst, grenzt euch von Aussagen ab, mit denen ihr nicht konform geht und habt den Mut dazu zu stehen. Doch auch die Menschen, die nicht den Mut haben dazu zu stehen - es ist okay. Der Mut wird noch kommen und solang das nicht passiert - mach dir bitte keine Vorwürfe. Andere sind stark für dich und wenn du selbst stärker geworden bist reihst du dich in die Reihen dieser Menschen mit ein, die stolz auf sich sein können und es auch sind - ja? - Gut.

Gänseblümchen nerven

Ein Mensch hat die Chance vieles zu sein – Lehrer*in und Meister*in, Betrüger*in, Dieb*in, Versager*in oder doch ein*e Held*in…

Es gäbe so viele Möglichkeiten und doch scheint mein Sein daraus zu bestehen zu enttäuschen, versagen und andere zu nerven.

Egal was ich tat, egal wie oft oder selten ich etwas tat, das Leben gab mir nur allzu oft das Gefühl nervig zu sein. Das Schöne ist, dass mir Menschen, die mir durchaus nahestehen gesagt haben, dass das einzig Nervige an mir der Gedanke ist, dass ich nerve. Und irgendwie konnte ich diese Aussage zum Teil nachvollziehen, denn auch wenn sie das nicht gesagt haben, so hatte ich indirekt die Bestätigung, dass ich also doch nerve. Mensch möge meinen ich würde mir alles so zurechtlegen, wie ich es brauche - "du bist hübsch" wird zu einem, "du bist hübsch, aber andere sind hübscher" und ein "Ich mag dich" wird zu einem "ich mag dich, aber nicht genug, um dich zu lieben". So wurde auch aus einem "ich muss los, habe noch was zu erledigen" ein: "du nervst und stiehlst mir die Zeit".

Manchmal glaube ich fast, dass ich einen Negativ-Filter im Gehirn habe... der alles schwarz malt – die Gedanken, die Welt um mich herum, alle Taten anderer – alles. Hat mich jemensch verlassen, sage ich mir, dass es meine Schuld gewesen sei. Bleibt jemensch bei mir, meine ich, es wäre nur aus Höflichkeit, und ignoriert mich jemensch – ist weder weg noch da – so denke ich sofort, dass ich dieser Person nicht wichtig genug bin. Wertlos. Ersetzbar. Da, aus Existenzgründen, nicht weil es so gewünscht ist. Niemensch kann es mir und meinen Gedanken recht machen... das klingt so arrogant wie es sich anfühlt.

Wieso kann ich nicht einfach akzeptieren, dass andere Menschen gern mit mir Zeit verbringen und aber auch mal keine Zeit haben, da ihr Leben nicht nur aus einer einzigen Freund*innenschaft - unserer - besteht?

Vermutlich, weil ich selbst nicht gern Zeit mit mir verbringen würde. Ich nerve mich selbst mit meiner Existenz und kann mich doch nicht von mir lösen - wie auch, wenn ich doch ich bleibe, egal was ich tue. Menschen, die gehen, verstehe ich zu hundert Prozent, da ich mich genauso verlassen würde - ohne zurückzublicken - und genau deshalb dichte ich meine Gründe anderen an. Das ist nicht fair diesen Personen gegenüber - das ist mir bewusst. Doch das ganze Leben ist nicht fair, wieso sollte es dann mein Verhalten sein?

Und bleiben... bleiben würde ich nie. Mich mögen, könnte ich nie - somit muss dies auch aus einem niederträchtigen Grund sein, oder nicht? Da ich es mir nicht anders erklären kann, muss es so sein.

Mir ist bewusst, dass diese Schwarz-Weiß-Malerei nur entfernt der Realität entspricht und dennoch... mein Kopf weiß, doch mein Herz fühlt weiter. Und so beugen sich die Gedanken dem Herzen und von Sekunde zu Sekunde vertrocknen neue Blätter der Hoffnung, um im nächsten Moment zu Boden zu fallen und zu verschwinden. Für immer.

Gänseblümchen sind nicht allein

Die Menschheit ist im Einzelnen so schwach und erbärmlich. Doch wir haben gelernt stärker zu werden - stärker zu sein - wenn wir nur mehr werden. Es ist also eigentlich ganz einfach den Kampf im Innern zu gewinnen - mensch braucht "nur" mehr Menschen.

Gänseblümchen sind sich selbst die schlimmsten Feinde, darum bin ich umso dankbarer für jeden Grashalm und Löwenzahn in meinem Leben. Auch die Kieselsteine – diese Mini-Felsen, die einem Halt und eine gewisse Sicherheit geben – sind so unglaublich wertvoll, dass ich sie für Nichts in der Welt eintauschen würde, selbst wenn sie nicht all die Schatten kennen und sehen – sie hier teilweise zum ersten Mal lesen – so hoffe ich sehr, dass sie wissen wie unglaublich froh ich bin, sie in meinem Leben zu haben.

Auch wenn ich nicht verstehen kann, warum sie sich freiwillig mit mir abgeben, auch wenn ich mich selbst dafür hasse ihre Zeit in Anspruch zu nehmen, auch wenn ich manchmal sauer bin, weil ich mir egoistischerweise wünsche, wir würden mehr Zeit miteinander verbringen… Dennoch. Sie machen die Wiese um mich herum viel strahlender und bunter und vor allem… sicherer. Ein Gänseblümchen allein am Wegesrand ist so schnell abgeknickt oder gepflückt, dass es gar nicht erst überlegen braucht, wie es denn am liebsten und besten sterben möchte. Ein Gänseblümchen auf einer Wiese voll mit den unterschiedlichsten Blumen hat ein ganz anderes Schicksal. Möglich, dass es nie gesehen oder beachtet wird - untergeht in der Fülle an Farben und Formen, doch was macht das schon - wenn sich ein Gänseblümchen so seiner Existenz sicher sein und sich zwischen all seinen Artgenoss*innen wohlfühlen kann.

Ich hatte mich des Öfteren alleingelassen gefühlt mit meinem Sein und so als müsste ich alle Schritte im Leben alleine gehen, all den Mut und die Kraft selbstständig heraufbeschwören können. Doch ich durfte lernen, dass auch die Menschen, die mehr auf andere als auf sich selbst achten, gesehen werden. Die richtigen Menschen finden einen immer - dessen bin ich mir mittlerweile ganz sicher. Diese Menschen wissen um des einen Stärke und des anderen Schwäche und machen dennoch keinen Unterschied. "Du bist gut. Du bist toll. Du bist genug." Ich habe Menschen um mich, die an mich glauben, selbst wenn ich das nicht kann und mehr in mir sehen, als ich zu sehen vermag. Diese Menschen - diese Grashalme, Löwenzähnchen und Kieselsteine... ihr wisst gar nicht wie viel sie mir bedeuten. Sie bedeuten mir die Welt.

Sie geben mir einen Grund aufzustehen, wenn ich selbst keinen finde, zeigen mir einen Weg im Dunkeln, wenn vor meinem inneren Auge das Licht erloschen ist und suchen die Teile von mir zusammen, die andere mit unbedachten Handlungen zerbrochen haben. Ich bin mir sicher, dass es einige Menschen auf diesem Planeten gibt, die nicht das Glück haben solche Menschen um sich zu wissen. Darum hoffe ich und drücke die Daumen für eben diese Menschen, dass sie ebenfalls noch von eben diesem Glück ereilt werden und langsam, ganz langsam wieder zusammengesetzt werden können... seien sie auch noch so kaputt.

An Rose und Vergissmeinnicht 2

Mit 10 wurde ich erwachsen - 2011 war das
letzte Jahr des unbeschwerten Leben,

das letzte Jahr mit gedankenlosen Spielen, Lachen und Weinen, danach wurde all das aufgegeben.

Ich hab beobachtet und gelernt - gelernt und
umgesetzt,

egal wie wenig ich es verstand oder wie sehr die
Tat mich selbst verletzt.

Ich hab immer um Erlaubnis gefragt, wenn ich
etwas machen wollte,

hab immer gefragt, ob ich helfen kann, oder
was machen sollte.

Ich bin wie auf Glasscherben gelaufen, ohne das
Gesicht zu verziehen,

wollte nicht aus eurem, nur aus meinem Leben
fliehen.

Doch ich weiß, alles was ihr tatet war nur gut
gemeint,

und ich habe viel gelernt, auch wenn es mittler-
weile mehr als eine Art Lügen anstelle der
Wahrheit erscheint:

Ich habe gelernt zu schweigen, wenn ihr
sprecht, euch nichts zu raten und nur bestäti-
gend zu nicken, denn Lösungen wären euch
nicht recht.

Ich habe gelernt allein zu weinen, habe gelernt
nie laut zu sein, hab gelernt laute, falsche Worte
werden eure, aber nie meine Sprache sein.

Ich habe gelernt euch eure Blicke und die Taten
zu verzeihen, hab gelernt es totzuschweigen -
das letzte was hilft, ist schreien.

Hab gelernt mich für meine Musik zu schämen,
hab gelernt, dass ihr meine Bücher hasst,

hab gelernt, dass wenn ich nicht darüber spre-
che, ihr mir meine Kunst doch lasst.

Hab gelernt ihr macht euch Sorgen, dass ihr
Opfer seid, ich Täter bin, hab gelernt, dass
Mental Health Themen für euch Tabus sind.

Hab gelernt ich bin viel weiter, dass ihr euch
selbst offenbar hasst, was der Grund für euch
ist, dass ihr alle Besseren um euch nicht in
Ruhe lasst.

Ich höre die Beleidigung, doch sehe euren
Schmerz,

ich höre eure Nachäffungen, doch sehe die
Trauer in eurem Herz.

Ich sehe eure Ablehnung, doch kann euch nur
mitleidig verzeihen,

weil ich weiß, dass eure Narben euch selbst
immer mehr entzweien.

Gänseblümchen können nicht sterben

In den dunkelsten Zeiten wünscht sich das menschliche Herz manchmal etwas, was der Verstand realistisch betrachtet zu -10 Prozent befürworten sollte: zu sterben. Ich kenne kaum Menschen, die offen darüber sprechen einst solche Gedanken gehabt zu haben und wenn doch eine Person dies tatsächlich versucht, hat er/ sie/ dey meinen vollsten Respekt – denn mich scheint die Scham diesbezüglich zerbersten zu wollen.

Es ist nicht lang her, da hatte ich einen Autounfall. „Du hattest so ein Glück", „dein Schutzengel hat gut auf dich aufgepasst"… All diese Phrasen haben mich erreicht und gleichzeitig sind sie zum einen Ohr rein und wieder raus gerauscht – viel zu laut waren meine Gedanken in diesem Moment. Wieso sind wir nicht tot? Wieso leben wir noch? Wieso müssen wir weiter und weiter leben?! Ich wünschte mich hätte jemensch an diesem Tag einfach in den Arm genommen und gesagt, dass, egal wie ich mich gerade fühlte, das nur vorübergehend wäre. Doch das hat mir keiner gesagt. Die Polizei hatte nur die Autos und die amtlichen Sachen im Kopf und aus meinem Mund flossen einzig und allein Entschuldigungen.

„Tut mir leid, dass ich euer Auto kaputt gemacht habe – Rose und Vergissmeinnicht." „Es tut mir leid, dass ich nicht schnell genug ausweichen konnte – dem Auto, welches ich erst gesehen hatte, als es mir bereits mit Höchstgeschwindigkeit in die Fahrertür rauschte." „Es tut mir leid – tut mir leid, dass ich weine" „Es tut mir leid, dass ich überfordert mit allem bin." Irgendwas ist an diesem Tag an Ort und Stelle zerbrochen und gestorben, hat nur vergessen mich im Ganzen mitzunehmen – doch dieser kleine Teil schickt mir immer mal Erinnerungen daran, wie es sich wohl angefühlt haben muss zu sterben. Sirenen – die von überall zu kommen scheinen, obwohl mensch doch auch fünf Minuten später noch keinen Krankenwagen entdecken kann und Autos, die einen ungehindert umfahren – mit sich reißen, Knochen brechen und wie ein wertloses Wesen verbleiben lassen.

Ob ich mit dem Fahren hätte aufhören sollen? Vielleicht – aber vielleicht wäre die Angst davor dann noch größer geworden. Ob ich nicht besser eine Therapie danach hätte machen sollen? Ich habe keinen Grund gefunden, eine zu brauchen. Prellungen waren der einzig medizinisch diagnostizierte Schaden, welchen der Unfall hinterlassen hatte… mein Kopf, mein Herz… vermeintlich gesund. Also rede ich es mir weiter ein:

Mir geht es gut – irgendwann wird es besser
und wenn nicht, ist es nicht das Ende.

Doch wenn ich ganz leise bin, kann ich diesen
toten Teil in mir flüstern hören:

Was haben wir getan, dass wir immer noch
leben müssen?

Und manchmal, nur manchmal frage ich mich
wirklich:

ja, was nur?

Danksagung

Das war "Gänseblümchen"...

An dieser Stelle möchte ich mich bei all den Löwenzähnchen, Grashalmen, Sonnenblumen und Kieselsteinen um mich herum bedanken. Auch wenn ihr mich vermutlich manchmal nicht verstanden habt, weil ich... ich war, habt ihr mich immer aufgebaut und zu mir gehalten und die Stimmen in meinem Kopf auf stumm geschalten. Ich danke euch für euer Sein, eure Taten und Worte und vor allem eure Geduld und ich hoffe, dieses Buch gibt euch irgendwie ein wenig Hoffnung, dass ihr doch einfach nur ein angeknackstes Gänseblümchen im Freund*innenkreis habt und keinen schrägen Vogel.

Und Rose und Vergissmeinnicht... ich weiß nicht, ob ihr dieses Buch jemals lesen werdet, schließlich waren euch meine Bücher immer zuwider. Aber ich habe das Gefühl mich auch bei euch bedanken zu müssen...ich konnte durch euch einiges lernen, auch wenn es über

Umwege passierte und ihr mich gebrochen habt als wäre ich aus Glas... und um das festzuhalten: ich liebe euch trotzdem und vergebe euch. Auch wenn eure Anwesenheit jedes Mal aufs Neue weh tut.

Und an alle anderen: Ich danke euch, dass ihr dieses Buch gelesen habt - was auch immer eure Beweggründe dafür waren. Ich hoffe, es hilft euch meine Schattenseiten zu kennen - möglicherweise fühlt ihr euch so weniger allein mit euren eigenen oder versteht eine Person, die euch nahe steht nun ein bisschen besser. Möglicherweise werden es auch Menschen lesen, die meinen "Fiktion", "Hochstaplerei", "Lügen", "überdramatisiert". Ich werde auch diese Menschen sagen und denken lassen, was sie möchten - denn es steht mir nicht zu einer Person vorzuschreiben, was er/ sie/ dey zu denken hat. Aber ich möchte, dass ihr wisst, dass dieses Buch nicht geschrieben wurde, um Mitleid zu bekommen. Ich wollte den Menschen, die mir nahe stehen die Chance geben mich zu verstehen, wollte mir selbst die Möglichkeit geben durch Schreiben zu verarbeiten und auszusprechen, was ich verbal nicht kommunizieren kann. Und ich wollte anderen Menschen mit diesem Buch einen Raum schenken für ihre dunklen Gedanken und Geister... mögen sie euch nicht erdrücken und ihr einen Weg finden sie in den Arm zu nehmen und zu sagen: "so wie ich bin, bin ich zwar nicht perfekt, aber gut genug".

Und was, wenn Schmetterlinge nun einmal nicht fliegen können? - Können Sie aber.

Und was wenn nicht? - Glaube mir, das können sie.

Wie kannst du dir so sicher sein? - Weil es Schmetterlinge sind.

Darum möchte ich dir etwas mitgeben:

Ich frage mich sehr oft - kann ich dies? Kann ich das? Schaffe ich das? Bin ich gut genug dafür? ... und ja, du bist gut genug dafür. Wisse: du musst nicht gewinnen, aber vergesse auch nicht: nur wer aufgibt hat verloren.

Du schaffst das - ich glaube an dich.

Jetzt musst du nur noch an dich selbst glauben

BIAN SEN SK.

Bian Sen Sk., geboren 2002 in Chemnitz, arbeitet seit 2020 im Buchhandel.
Bereits seit der Schulzeit schreibt dey Fantasyromane sowie lyrische und belletristische Texte.
2024 nimmt der Traum, von den eigenen geschriebenen Werken leben zu können, erstmalig Gestalt an - in Form eines Kurzromans.
Auf dass es erst der Anfang von deren Autor*innenlaufbahn sei.

Loved this book?
Why not write your own at story.one?

Let's go!